- HERGÉ -

# LES AVENTURES DE TINTIN

# LE TRESOR de
# *RACKHAM LE ROUGE*

**casterman**

**Les Aventures de TINTIN et MILOU
sont disponibles dans les langues suivantes :**

| | |
|---|---|
| *allemand :* | CARLSEN |
| *alsacien :* | CASTERMAN |
| *anglais :* | EGMONT |
| | LITTLE, BROWN & Co. |
| *basque :* | ELKAR |
| *bengali :* | ANANDA |
| *bernois :* | EMMENTALER DRUCK |
| *breton :* | AN HERE |
| *catalan :* | CASTERMAN |
| *chinois :* | CASTERMAN/CHINA CHILDREN PUBLISHING GROUP |
| *cinghalais :* | CASTERMAN |
| *coréen :* | CASTERMAN/SOL PUBLISHING |
| *corse :* | CASTERMAN |
| *danois :* | CARLSEN |
| *espagnol :* | CASTERMAN |
| *espéranto :* | ESPERANTIX/CASTERMAN |
| *finlandais :* | OTAVA |
| *français :* | CASTERMAN |
| *gallo :* | RUE DES SCRIBES |
| *gaumais :* | CASTERMAN |
| *grec :* | CASTERMAN |
| *indonésien :* | INDIRA |
| *italien :* | CASTERMAN |
| *japonais :* | FUKUINKAN |
| *khmer :* | CASTERMAN |
| *latin :* | ELI/CASTERMAN |
| *luxembourgeois :* | IMPRIMERIE SAINT-PAUL |
| *néerlandais :* | CASTERMAN |
| *norvégien :* | EGMONT |
| *occitan :* | CASTERMAN |
| *picard tournaisien :* | CASTERMAN |
| *polonais :* | CASTERMAN/TWOJ KOMIKS |
| *portugais :* | CASTERMAN |
| *romanche :* | LIGIA ROMONTSCHA |
| *russe :* | CASTERMAN |
| *serbo-croate :* | DECJE NOVINE |
| *slovène :* | UCILA |
| *suédois :* | BONNIER CARLSEN |
| *thaï :* | CASTERMAN |
| *turc :* | INKILAP PUBLISHING |
| *tibétain :* | CASTERMAN |

www.casterman.com
www.tintin.com

ISBN 978 2 203 00111 4
ISSN 0750-1110

# LE TRÉSOR de RACKHAM LE ROUGE

A L'ANCRE — CAFÉ

**Salut!**

**Hé!...Van Damme!...**

**Salut, Alphonse. Comment vas-tu?...**

**Pas mal, et toi?... Toujours cuistot?...**

**Toujours. Je repars dans quelques jours, à bord du SIRIUS, avec le capitaine Haddock et Tintin. Tu les connais?**

**Tintin?... Le capitaine Haddock?...Bien sûr, que je les connais. On a beaucoup parlé d'eux lors de cette affaire Loiseau.(1) Mais, dis donc, le SIRIUS, c'est un chalutier, ça. Vous partez à la pêche?...**

**Oui, mais une pêche pas ordinaire. Une pêche au trésor!**

**Qu'est-ce que tu me racontes là?**

**C'est ainsi. Seulement, que cela reste entre nous, hein!...Il s'agit du trésor d'un pirate du XVIIe siècle, Rackham le Rouge, qui se trouvait à bord d'un vaisseau nommé LA LICORNE. Or, Tintin et le capitaine Haddock...**

**...savent à quel endroit a coulé LA LICORNE et...et... je te dirai le reste tantôt... Les murs ont des oreilles, ici...**

(1): Voir LE SECRET DE LA LICORNE

**LE TRÉSOR
DE RACKHAM LE ROUGE**

On parle beaucoup, dans les milieux maritimes, du prochain départ du chalutier SIRIUS. Si nos informations sont exactes, le but du voyage, encore que la plus grande discrétion ait été observée à ce sujet, ne serait autre que la recherche d'un trésor.

Ce trésor, appartenant au pirate Rackham le Rouge, se trouvait à bord du vaisseau LA LICORNE, qui coula, croit-on, vers la fin du XVIIe siècle. Le fameux reporter Tintin, dont on n'a pas oublié la sensationnelle intervention dans l'affaire Loiseau, et son ami, le capitaine Haddock, sont arrivés à connaître l'endroit exact où se trouve l'épave de LA LICORNE et

Monsieur Tintin?...

C'est moi...

Monsieur Tintin, j'ai appris ce matin, par le journal, que vous alliez tenter de découvrir le trésor du pirate Rackham le Rouge. Est-ce exact?...

C'est exact. Mais...

Bon. Dans ce cas, c'est entendu, je pars avec vous!... Quant au trésor, je me contenterai de la moitié. Voici ma carte...

!

C'est...c'est réellement votre nom?...

Apparemment, jeune homme.

Voyez, capitaine...

Mille sabords!...

RACKHAM-LEROUGE

Mais, Monsieur, si je comprends bien, votre nom est simplement Rackham?...Lerouge, c'est le nom de votre épouse? Dans ces conditions, je ne vois pas le rapport qui existe entre le pirate Rackham le Rouge et vous...

DRRRING

Monsieur Tintin?...Je réclame ma part du trésor!...Je suis le descendant de Rackham le Rouge!...

Pardon! c'est moi!

Pardon! c'est moi!

C'est moi!

Ne l'écoutez pas! C'est moi!

C'est moi! Voici d'ailleurs mon arbre généalogique!

Laissez-moi faire. S'il y a un véritable Rackham dans le tas, ça se verra tout de suite!

Vous êtes donc tous, n'est-ce pas, des descendants de Rackham le Rouge?

Bon. Eh bien! moi, je suis le descendant du chevalier François de Hadoque, qui tua jadis Rackham le Rouge en combat singulier... Et il y a des moments

...où je sens remonter en moi les instincts belliqueux de mon aïeul!...

Au large, pirates d'eau douce!

Que se passe-t-il, là-haut?...

Quelles brutes!

Pour être des brutes, ce sont des brutes!

Une véritable bande de brutes!

Je dirais même plus: une véritable bande de bru- tes!

Et voilà vos archives, fli-bustiers de carnaval!

Ça y est! Nous voilà débarrassés de cette bande d'escrocs!

DRRRING

Encore?...

Laissez, je vais voir...

C'est vous, Tintin?... Pourriez-vous nous donner un coup de main?... Il y a une sombre brute qui nous a lancé quelque chose sur la tête...

!

Entrez, nous allons arranger ça...

DRRING

?

Je désirerais parler à Monsieur Tintin.

Pourquoi?... Vous vous nommez sans doute Rackham le Rouge?

Oui?...

Non, je vous demande si vous vous appelez aussi Rackham le Rouge...

Ah?...

JE VOUS DEMANDE VOTRE NOM!

Veuillez parler plus haut. Je suis un peu dur d'oreille...

VOTRE NOM!...

Non?...Ah! c'est dommage!... Tant pis! je reviendrai...J'aurais voulu parler à Monsieur Tintin lui-même...

C'est moi! Que désirez-vous?..

Ah! c'est Monsieur Tintin?...On m'avait dit que vous étiez absent...

Je suis enchanté de vous connaître. Moi, je me nomme Tournesol. Tryphon Tournesol...

...Ah?

Non, Tournesol, Tryphon Tournesol. Monsieur Tintin, j'ai appris que vous alliez partir à la recherche d'un trésor. C'est fort bien. Mais avez-vous songé aux requins?

Aux requins?

Non, jeune homme, je parle des requins. Je suppose, en effet, que vous devrez effectuer des plongées. Et alors, gare aux requins!... Mais...

N'est-ce pas?...Mais j'ai inventé un appareil destiné à explorer les fonds sous-marins, et cela, sans crainte des requins. Si vous voulez m'accompagner chez moi, je vous le montrerai... Je regrette beaucoup, mais je...

Non, ce n'est pas loin. Dix minutes à peine... Je regrette, mais je suis très occupé, et je n'ai...

Mais, bien sûr! Ces messieurs peuvent aller avec nous... Inutile! Je n'ai pas le temps! PAS LE TEMPS!

Eh bien! c'est entendu. Allons-y tout de suite!

Je vous remercie d'avoir accepté si vite de ve— nir!

Il n'y a vraiment pas de quoi... Non, Tournesol, Tryphon Tournesol.

Vous voyez, nous y sommes... Encore un étage...

Voilà, c'est ici...

Oui, c'est un nouveau modèle de gazogène...

Et ça, c'est un appareil à brosser les vêtements...

Pas mal, hein! ce machin-là...

Non, une machine à brosser les vêtements. C'est une de mes dernières inventions.

RRRR ✱ OH ✱

✱ ✱

AÏE

OUH

Les vêtements sont aspirés à l'intérieur de l'appareil, où ils subissent un énergique brossage de trente secondes. A-près quoi, ils en sortent à l'état neuf...

Mille millions de mille sabords de tonnerre de Brest!...

Laissez-moi! Je vais lui dire ma façon de penser, à ce phénomène!

Vous allez me payer un nouveau costume, entendez-vous?

Ça?... Oui, c'est pour brosser les costumes.

Mais ceci est encore plus ingénieux. Comme je disposais de très peu de place, et que mon lit était fort en-combrant...

!

...j'ai conçu ce lit-placard...

Espèce de Bachi-bouzouk! regardez ce que vous avez fait!...

Mais regardez donc, bougre d'olibrius!

Ah! oui, pour le remettre en place?... Voilà...

Entre nous, je les aurais cru incapables de se livrer à de pareilles gamineries... Ils avaient l'air si sérieux...

Et voilà mon appareil à explorer le fond des mers...

Comme vous pouvez le constater, c'est une espèce de petit sous-marin. Il est équipé d'un moteur électrique et est muni de réservoirs d'oxygène pour deux heures de plongée...

Je vais d'ailleurs vous montrer le fonctionnement de l'appareil...

CRAC

Je n'y comprends rien!...C'est du sabotage!...Non, Monsieur, je dis que c'est du sabotage!... On a saboté mon appareil!...

Nous sommes désolés, Monsieur Tournesol, désolés, mais votre appareil ne peut nous convenir.

À deux places?... Vous le voudriez à deux places?...

Non, Monsieur Tournesol, je dis que votre appareil ne nous convient pas!

Ah bon!

Eh bien! Messieurs, c'est entendu, j'en ferai un autre plus petit. Il sera prêt dans huit jours...

Quelques jours après...

Oui, tout est prêt pour le départ. Si au moins, nous parvenions à trouver un scaphandre. ...Voilà trois jours que je cours les magasins spécialisés: impossible d'en dénicher un!

Dites donc! regardez...

Ça, par exemple!... Allons voir...

À VENDRE
Équipement complet de scaphandre. État neuf.

Salut! Nous voudrions voir le scaphandre.

Ah! oui, le scaphandre...Suivez-moi...

Voilà...

Prends garde, moussaillon, prends garde! L'argent ne fait pas le bonheur...

?

Pour...pourquoi me dites-vous cela?

Pourquoi?...Parce que je vois que tu vas partir à la recherche d'un trésor...

Vous voyez cela? À quoi voyez-vous cela?...

Je lis ça sur ton visage...

Sur mon visage?...Mais... mais...qu'a-t-il donc d'extraordinaire, mon visage?... Vous voyez quelque chose, vous?

Ma foi, je...

Mille sabords!...

C'est épouvantable!... Que m'est-il arrivé!...

Rien du tout, capitaine! Vous vous regardez simplement dans un miroir concave! Et en voici un autre convexe!

Ah! bon!...

Mais voilà un autre miroir... Je veux en avoir le cœur net!

Oh!

Sept ans de malheur!

Et cent cinquante francs pour le miroir!

Et d'ailleurs, crois-moi, des trésors, à notre époque, ça n'existe plus...

En attendant, revenons à ce scaphandre. Combien?

Deux mille.

C'est entendu. Nous le ferons prendre cet après-midi. Vous venez, capitaine?

Souviens-toi de ce que je t'ai dit, mon garçon! Tu ne découvriras pas de trésor!

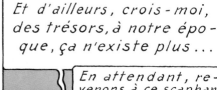

Le lendemain...

SIRIUS

Bonjour, capitaine. Ça va bien?

Non, mal!

Oui, mal. Très mal... Je suis malade... La grippe, sans doute... Et puis, j'ai bien réfléchi. Je... enfin... bref, en deux mots, je ne pars pas!...

!

Voyons! ce n'est pas sérieux!

Très sérieux. Je ne suis pas superstitieux, mais casser un miroir au moment de partir en croisière... Non, décidément, je ne pars pas!

Vous êtes peut-être sourd, mille sabords! Mais vous n'êtes sûrement pas aveugle, hein!

Votr

VOTRE APPAREIL NE NOUS INTERESSE PAS!

Ça y est...! Cette fois, il a... compris!

Espérons-le...

Est-ce vrai, capitaine? Tintin vient de nous dire que vous aviez décidé de ne pas partir. Il paraît que vous avez brisé un miroir et que vous avez peur de...

Peur?...

Moi, peur?...Peur de quoi?...Peur de qui?... Peur de vous peut-être, hein?...Apprenez que le capitaine Haddock n'a peur de rien! Compris?...Demain, à l'aube, nous levons l'ancre!... Qu'on se le dise!

OUH!...

SIRIUS

Nous voilà enfin partis, mon vieux Milou...

Tintin !

Un radio. Lisez...

Le commandant du port au commandant du SIRIUS. Ralentissez. Un canot automobile est en route pour vous rejoindre.
Qu'est-ce que cela signifie ?

Là-bas !... Voilà un canot automobile qui arrive...

Je ne distingue pas encore le passager, mais gare à lui si c'est Monsieur Tournesol !

Dupont et Dupond !... Que viennent-ils faire à bord ?

Et voilà ! Nous partons avec vous !

Vous partez avec nous ?...

Oui, nous avons reçu ordre de vous protéger.

Nous protéger ?... Nous sommes donc menacés ?...

Oui, vous êtes en danger. Maxime Loiseau, l'antiquaire, a été aperçu hier soir rôdant dans les environs du SIRIUS. Peut-être essayera-t-il de vous jouer un mauvais tour.

Qu'il essaie!...Il trouvera à qui parler!

Sans doute, sans doute. Mais de toute façon, maintenant que nous sommes à bord, vous pouvez être tout à fait tranquilles.

Je dirais même plus: vous pouvez être tranquilles.

Nous verrons...En attendant, il s'agit de vous loger. Voyons...euh... oui, il y a deux couchettes libres dans le poste avant. Ça va?...

Très bien!

Capitaine!...Capitaine!...

Capitaine, c'est intolérable!

Quoi?

Ce satané Milou m'a volé le contenu de toute une boîte de biscuits!

Non?...

Milou?...

Milou, oui! Je l'ai vu tout à l'heure près de la cuisine!

Milou!...Où est-il ce misérable?

Milou?... MILOU?...

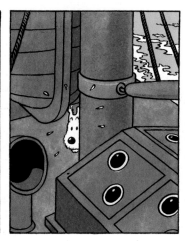

Je ne le vois pas, le gredin! Mais, soyez sans crainte, je veillerai à ce que cela ne se reproduise plus...

Bon.

Euh...c'est à l'avant, notre cabine?...

Oui, à l'avant.

Nous allons tout de suite nous équiper et nous mêler discrètement à l'équipage.

Bon-ne idée!

Il faut que nous ayons l'air de vieux loups de mer...

Et tout d'abord, il faut apprendre à chiquer. Tous les vieux loups de mer mâchent la chique, c'est connu. Tiens, prends en une...

Que faut-il faire, capitaine? Nous allons droit sur ces pêcheurs...

Un simple coup de sirène et la barre à tribord...

TOOOOOT

Sapristi!...Ma... ma chique!...

Moi...moi... moi aussi!... Avalée!...

Le lendemain...

Il faut que ça cesse!...Ah! oui, il faut que ça cesse!...

Oui, capitaine, hier, c'était une boîte de biscuits! Ce matin, c'est un poulet tout entier qui a disparu!...

Ah! le gredin!

Milou!...Milou!...Où se cache-t-il encore?...Milou!...

Milou!...Milou!...

Milou!...Milou!...Sapristi! je me demande où il se ca---che...

Et vous l'avez bien vu s'enfuir avec ce poulet?...

À vrai dire, je ne l'ai pas vu, mais je suppose que...

Vous supposez!...Vous supposez!...Quand on accuse quelqu'un, il faut des preuves!...Car enfin, qui nous dit que ce n'est pas vous-même qui l'avez mangé, ce pou---let?...

Et le soir...

Bonne nuit. Et puis tout de même, surveillez un peu Milou...

Soyez sans crainte, j'aurai l'œil sur lui! Bonne nuit, capitaine...

VOLEUR!
TOI-MÊME!

Ma parole! On dirait que ce sont les deux policiers...

Eh bien! que se passe-t-il ici?...

! !

C'est lui, Tintin!...Il m'a volé mon oreiller!

Ce n'est pas vrai! C'est lui, au contraire, qui m'a pris une couverture!

Vous n'avez pas honte, à votre âge?...Vous disputer ainsi pour des queues de cerises?...Allons! c'est fini n'est-ce pas?

Et maintenant, allons nous coucher!...

Mille millions de sabords!

?

Qu'y a-t-il, capitaine?...

Il y a, mille sabords! que ma bouteille de whisky a disparu!...

Disparu?...C'est quelqu'un qui prend soin de votre santé et qui veut vous obliger à suivre votre régime...

Riez, riez!... N'empêche que si je tenais le misérable qui a fait le coup, il passerait un mauvais quart d'heure!

Nous ferons des recherches demain matin. À présent, allons dormir. Je tombe de sommeil. Bonne nuit!

Allez dormir si vous voulez. Moi, je sais ce qu'il me reste à faire...

Tonnerre de Brest!

OLD SCOTCH WHISKY

ENTRÉE INTERDITE

BOUM BOUM BOUM

Vite, Tintin!...Venez vite!...Il n'y a pas une seconde à perdre!...

Nous allons sauter!...Il y a une machine infernale dans la cale!...

Je suis descendu à la cale pour y ouvrir une caisse de whisky. Au lieu de whisky, j'y ai trouvé une machine infer----na----le!...

Nous y sommes...Attention!

C'est ici... Regardez...

ENTRÉE INTERDITE

Attention!...N'approchez pas!

Au contraire, il faut savoir à quoi s'en tenir...

Eh bien?...

Des tôles!...

Des tôles???

ENTRÉE INTERDITE

Vous avez raison, ma parole!... Mais alors, ce n'est pas une machine infernale?...

Sûrement pas. Voyons, ouvrons une autre caisse...

Encore des tôles, mille sabords!

Et dans celle-ci...

Encore des tôles!...

Enfer et damnation! Il n'y a plus une goutte de whisky à bord!...Ah! si je tenais le misérable qui nous a joué ce tour, il passerait un mauvais quart d'heu----re!...

Allons! venez, capitaine. Demain matin, nous essaierons d'élucider ce mystère...

Le lendemain...

...en tout cas, il n'est plus question d'accuser Milou! Des biscuits, un poulet, pas encore. Mais une se en-bouteille de whis----ky!...

OH!

Ma parole! il...il...mais oui, il est ivre!...

Milou, qu'as-tu fait?...Pouah! quelle haleine!... Tu sens le whisky!

Allons, en avant!...Et indique-nous où tu as découvert ce whisky...

Ah! oui...tu... tu veux en b-b-boire aussi?...

? ?

Voilà...

Regardez! C'est là-haut que la bouteille a dû se briser!... Allons voir...

La voilà!

Mille sabords! si je le tenais, celui qui...

Chut!...Écoutez...

RRR...RRR... RRR...

Il y a quelqu'un qui dort dans cette chaloupe!

Impossible: les amarres sont en place...À moins que...

Mille sabords! Les amarres sont détachées, de ce côté-ci!...Il y a quelqu'un dans cette chaloupe!

**Mille tonnerres!**

RRR...RRR... RRR...

Mille millions de mille milliards de mille sabords!... Debout, là-dedans!...

Mon whisky, misérable!... Qu'avez-vous fait de mon whisky?...Répondez, tonnerre de Brest!...Où est mon whisky?...

À vrai dire, oui, j'ai très mal dormi. Mais j'espère qu'à présent, vous allez me donner une cabine...

Une cabine!...On vous en donnera, une cabine!...Je m'en vais vous fourrer à fond de cale, au pain sec et à l'eau, pendant tout le reste du voyage!... Et mon whisky?... Où est mon whisky?...

Il est à bord, naturellement!

Il est à bord!...Dieu soit loué!...

Bien entendu, il est en pièces détachées....

En pièces détachées?...Mon whisky est en pièces détachées?...

D'accord, il est un peu plus petit que le premier, mais malgré cela, il est encore trop grand pour passer inaperçu. J'ai donc dû le démonter, et ranger tous ses éléments dans des caisses...

Mais le whisky qui se trouvait dans les caisses, dites! ce whisky, qu'en avez-vous fait? Il est donc resté au port?...

Oh! non...

Non, non. C'est pendant la nuit qui a précédé votre départ. Il y avait encore, sur le quai, des caisses prêtes à être embarquées. J'ai enlevé les bouteilles qu'elles contenaient, et j'ai mis à leur place toutes mes pièces détachées...

Misérable!...Analphabète!...Crétin des Alpes!...Je vais te jeter par-dessus bord!...Par-dessus bord, tu entends!...

Merci, capitaine, merci!...Je n'en attendais pas moins de vous!...Vous verrez, vous ne regretterez pas de m'avoir si cordialement accueilli!

Plusieurs jours ont passé...

SIRIUS

Voyez. Nous sommes au point indiqué par les parchemins. Nous devrions donc bientôt apercevoir l'île près de laquelle a coulé la LICORNE...

Et cette île ne figure sur aucune carte?...

Non, mais cela arrive parfois lorsqu'il s'agit d'îles peu importantes. Venez, nous allons essayer de la découvrir...

Je ne vois encore rien...Et vous?...

Rien...

Vous voyez quelque chose?...

Encore rien. Mais j'offre une bouteille de champagne au premier qui découvrira une terre...

Là-bas!

Où est-elle, cette île?... Je ne vois rien...

Si, capitaine, c'était un requin!...Je l'ai vu, je vous dis!...

Rien, toujours rien...
C'est bizarre...

Et comment s'appel-
le-t-elle, cette île?...

Comment voulez-vous
que je le sache?...Elle
ne figure sur au-
cune car- te...

Ah?...Et vous êtes certain que
nous sommes à proximité?...

Tout à fait certain!...J'ai
fait le point hier mi di...

Oui, évidemment...
Mais...heu...peut-être
vous êtes-vous trompé
dans vos calculs...

Ah! je me suis trompé dans mes
calculs!...Eh bien! ils sont restés
sur ma table.Allez les vérifier!...
Si, si, tout de suite!Allez-y! Vé-
rifiez-les!

Dites, capitaine, est-ce
un poisson, cet animal
qui vient de sauter hors
de l'eau,
là-bas?...

Non, c'est un piano
à queue!...

Ah! il me semblait
bien que cela ne
pouvait pas être
un poisson...

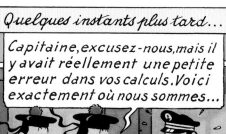

Quelques instants plus tard...

Capitaine, excusez-nous, mais il
y avait réellement une petite
erreur dans vos calculs.Voici
exactement où nous sommes...

Vous avez raison...Je m'étais trompé...
Messieurs, veuillez vous découvrir...

Pourquoi faut-il se découvrir, capitaine?...Je...

Chut!...

?  ?

Et voilà...

Mais enfin, capi-
taine, nous direz-
vous ce que cela
signifie?...

Cela signifie, Messieurs, que, selon vos calculs, nous nous trouvons en ce moment dans la basilique de St-Pierre, à Rome!...

Tonnerre de tonnerre de Brest! où donc se cache-t-elle, cette île de malheur?...

Je commence à croire que le chevalier de Hadoque s'est payé notre tête...

Je commence à le croire, en ef--fet...

Nous allons bien voir!...Il doit être près de midi. Nous allons faire le point. Je vais prendre mon sextant.

Voilà...Rentrons, maintenant. Je vais faire mes calculs...

Le point indiqué par les parchemins était: 20°37'42" de latitude nord, 70°52'15" de longitude ouest. Voici notre position: même latitude, 71°2'29" de longitude ouest.

Nous avons donc déjà dépassé le point indiqué, et nous n'avons rien vu...Je n'y comprends rien!...

Capitaine, nous sommes des ânes!...

!

Que voulez-vous dire?...

Voyons, capitaine, le méridien par rapport auquel vous avez compté les degrés de longitude, c'est naturellement le méridien de Greenwich?...

Évidemment, ce n'est pas celui de Tombouctou!

Attendez! Le chevalier de Hadoque, lui, a certainement compté en prenant comme méridien d'origine le méridien de Paris, qui est situé à plus de deux degrés à l'est du méridien de Green-wich!...

Mille sabords! vous avez raison! Comment n'y avons-nous pas songé plus tôt?...Nous avons donc été trop loin vers l'ouest !...Il faut rebrous-ser chemin!

 Holà! timon-nier!... La barre à bâbord, toute! Et en avant, cap à l'est!

 **?**

 Capitaine, que se passe-t-il?... On dirait que nous faisons demi-tour...

Eh! oui, Monsieur Tournesol, nous faisons demi-tour...

 Ah! bon!... Tant mieux!... Je croyais que nous faisions demi-tour...

 Comme on peut se tromper! J'aurais juré que nous avions fait demi-tour...

 Et, dans la soirée...

 La voilà enfin, notre île au trésor!...

 Il est trop tard pour débarquer ce soir. Nous allons jeter l'ancre et, demain matin, nous irons explorer les lieux...

D'ac-cord!

 Le lendemain matin...

 Poussez le canot sur le rivage. Moi, je vais à la découverte...

PAN

Mon Dieu! que lui est-il arrivé?...

Qu'y a-t-il, capitaine? Vous êtes blessé?...

Non, mais mon pied a heurté ce machin-là, et je suis tombé. C'est comme ça que le coup est parti...

AOUH! AOUH!

Du sang-froid! Du sang-froid! OUH!

Attention!

AOUH!

OUH! AOUAH!

Laissez-les se débrouiller. Aidez-moi plutôt à dégager ce morceau de bois. Ce-la m'intrigue...

Tiens, qu'ont-ils décou-vert là?...

Messieurs, voici les restes du canot avec lequel le chevalier de Hadoque aborda jadis sur cette île...

Ceci prouve bien que nous touchons au but et que le trésor de Rackham le Rouge est là, au fond de la mer!...À présent, rechaussons-nous, et en route!

WOUAH!

C'est Milou!...Il était parti en avant...

? !

Où as-tu trouvé cet os, Mi-lou?...Allons!vite, montre-nous où tu l'as découvert...

Mille sabords! je suis sûr que ce sont les restes des pirates tués par l'explosion de la LICORNE!

Sûrement pas, capitaine...

...car, dans ce cas, nous les aurions découverts près du rivage. Non, regardez cette arme. Il s'agit plutôt d'indigènes tués au cours d'un combat, et vraisemblablement dévorés ensuite par leurs ennemis...

Dévorés?...Mais alors, il y aurait des cannibales sur cette île?... Des anthropophages?...

C'est ce que nous ne tarderons pas à savoir. Continuons...

Zut! un petit caillou dans mon soulier!

Continuez! Je vous rejoins tout de suite...

Là!...Regardez!...

Un fétiche!...

Oui, un fétiche...Mais...mais... c'est extraordi- naire!

Ma parole! c'est le chevalier de Hadoque qui est représenté là!...

Regardez quelle bouche!... Sa voix a dû singulièrement impressionner les indigènes! Je m'imagine leur tête quand ils l'ont entendu, pour la première fois, s'écrier: "Que le grand Cric me croque!"

QUE LE GRRRAND CRRRIC ME CRRROQUE!

Eh bien! capitaine, qu'y a-t-il?...

Qui a crié ainsi?...

Comment?... Ce n'est pas vous?...

Non, ce n'est pas moi!... Mais...Tonnerre de Brest!...

Oui, le chevalier de Hadoque...

QUE LE GRRRAND CRRRIC ME CRRROQUE!

Ça venait de ce côté-là!...

Personne!...

Cette île est t-t-ensorcelée, capitaine. Retournons vite à bo...à bo-bord...

Je di-di...je dirais même plus: retournons à bo... à bo-bo... à bo-    bord...

Anthropopithèque!... Moule à gaufres!...

Moule à gaufres, vous-même, espèce    d'ectoplasme!...

Montrez-vous donc, si vous n'avez pas peur, canaque!... Cannibale!... Iconoclaste!

Paltoquet!... Maraud!... Sapajou!...

Là, capitaine!...

Sapajou!...

Perroquet bavard!...

Cornichon!...

Boit-sans-soif!...

Mille sabords! des perroquets!!!...

Oui, des perroquets! De génération en génération, ils se sont transmis le vocabulaire de votre aïeul!...

Moule à gaufres!... Marin d'eau douce!... Froussard!...

Froussard, moi!... Vous avez bien dit: froussard?...

Vous allez voir de quel bois je me chauffe, coquins!

Voilà une noix de coco qui va vous clouer le bec, iconoclastes!

Aïe! mes reins!

Attendez, je vais vous masser

Votre carabine!... Donnez-moi votre carabine!... Je vais les transformer en écumoires!

Voyons! capitaine, calmez-vous! Ce ne sont que des perroquets, que diable!...

Bandits!..

Laissez-les, capitaine, et continuons...

Vous avez raison. Allons! en route!

Ma carabine!...Qui a pris ma carabine?...

Je l'avais posée là il y a une seconde...

Peut-être a-t-elle glissé dans l'herbe?...

Eh bien?...

Rien!...Elle a bel et bien disparu!...

Mille sabords!

Chut!...Écoutez!...

Quels sont ces cris?...

Crouï!...Crouï!...
Crouï!...Crouï!...

Crouï!...Crouï!...

Espèces de babouins!...Sajous!...Sapajous!...Macaques!...Rendez-nous cette carabine, cercopithèques!...

Inutile, capitaine. Laissez-moi faire. Je vais les effrayer...

Haut les mains!...Poum! Poum!

Malheureux, ne faites pas ça!

Ça y est!... Ils ont lâ-
ché la carabine!... La
voilà qui dégringole...

C'est malin, ce que vous avez fait
là, hein!... Regardez!... Trois cen-
timètres plus bas... et on ne par-
lait plus du capitaine Haddock!

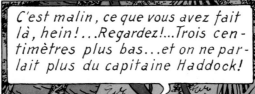

Allons, tout est bien qui
finit bien!... Et main-
tenant, capitaine, si
nous rentrions?... Nous
savons à présent que
cette île n'est pas ha-
bitée... Bonne idée!...
Ren-     trons...

Tonnerre de Brest!
j'y       songe!...

Le fétiche!... Allons-nous
le laisser ici?...

Un soir, t'en souvient-il? Nous voguions en silence. On n'entendait au loin, sur l'onde et dans les cieux, Que le bruit des rameurs qui frappaient en cadence les flots harmonieux...

Attention!... Un requin!...

Tonnerre de Brest!...Il a failli emporter ma main!...

Là, encore un!...Et là, un autre encore...

Vite, la carabine!... Je m'en vais leur dire deux mots, à ces brutes!...

BING

Eh bien! capitaine, je commence à croire que l'appareil de Monsieur Tournesol va nous être fort utile...

*Le lendemain...*

Alors, vous êtes bien décidé?...

Oui, oui...Monsieur Tournesol m'a clairement expliqué le fonctionnement de son appareil.... Ça ira...

Halte!...Halte!... Une seconde!...

J'ai oublié de vous dire quelque chose... Lorsque vous aurez découvert l'épave, pressez sur le petit bouton rouge placé à gauche du tableau de bord. Vous libérerez ainsi une petite boîte fixée sous l'appareil et remplie d'un produit qui, au contact de l'eau, dégagera une épaisse fumée, nous indiquant ainsi l'endroit où se trouve l'é...pave...

Le petit bouton rouge?...Bon!...

Non, rouge...Le petit bouton rouge...C'est cela, oui... Allons, au revoir!...Et bonne chance!...

Ça y est: il a plongé...

C'est amusant, hein! Milou...

Que d'eau!... Que d'eau!...

Pourvu qu'il ne lui arrive pas malheur...

Oh non! pas une heure!... Il y a tout au plus dix minutes qu'il a plongé...

33

Eh bien, quoi?...Que se passe-t-il?...Le moteur s'est arrêté...Nous n'avançons plus!...

?!

Ça va mal, Milou! Notre hélice s'est emberlificotée dans les algues!

Nous allons essayer de nous dégager en faisant marche arrière...

Rien à faire!...L'hélice est complètement bloquée...Et le moteur est calé!...

Mon pauvre Milou, comment allons-nous nous tirer de là?...

Il n'y a qu'une chose à faire: déclencher le dispositif fumigène. De cette façon, au moins, ils sauront où je suis... Allons-y!...Poussons sur le petit bouton rouge...

Et voilà...

Là!...Là!...La fumée!...Il a découvert l'épave de LA LICORNE!...

Là-bas, Monsieur Tournesol!...Regardez!...La fumée!...L'épave est découverte!...

OH!

Là-bas, capitaine!... Regar-dez!... Mais regardez donc!... La fumée!... Il a découvert l'épave!...

Un peu de patience, Milou... On ne tardera pas à venir à notre secours...

Holà!...Amenez le ca-not!...Nous allons mouil-ler une bouée à l'endroit que nous a indiqué Tintin!

Voilà la bouée...

...et voilà l'appareil qui permet de regarder sous l'eau.

Ce qui m'inquiète un peu, c'est que Tintin n'ait pas encore reparu...

Non, mais j'ai fait de l'athlé-tisme dans ma jeu-nesse...

...et c'est à cela que je dois d'avoir conservé cette allure sportive...

Ah ah?

À vrai dire, non...Mais surtout de la course à pied...

Voyons...

Tonnerre de Brest!...Ce n'est pas l'épave!... C'est Tintin!...

Magnifique!... Vite!laissez-moi regarder...

Le malheureux!...Son hé-lice s'est prise dans les al-gues!...Comment le sauver?

?

Capitaine, ceci est grave!...Vous avez mal vu... Ce n'est pas l'épave, c'est Tintin...Il ne peut plus re- monter...

Je n'aurais jamais dû le laisser prendre place dans votre appareil de malheur!...

Oui, deux heures ... Il avait pour deux heures d'oxygène...Il ne lui en reste plus que pour... Il ne lui en reste plus que pour dix minu- tes!

Pourvu qu'ils fassent vite!...Je respire de plus en plus mal...

Que faire?...Comment le sauver?...

Un scaphandrier?...Non, non...Le temps de l'équiper et de le laisser descendre, et Tintin sera mort...

Non, j'ai une idée!...Prenez le grappin!...Le grappin qui devait servir à fixer la bouée!...

Le grappin? Pour quoi faire?...

Bien sûr!... Nous allons essayer de l'accrocher à l'appareil!...Et nous tirerons sur la corde jusqu'à ce que les racines cèdent...

Allez-y!...Laissez descendre...encore...encore... encore...douce- ment...

Un grappin!...Ils vont essayer de m'accrocher....Vite, vidons les réservoirs d'eau...Cela les aidera...

Il a compris!...Il vide ses ballasts pour alléger le sous-marin...Un peu à gauche, capitaine...Bon!...Allez-y, tirez!...

Ah! ça y est!...Je suis sauvé!... Il était temps!...J'étouffe...

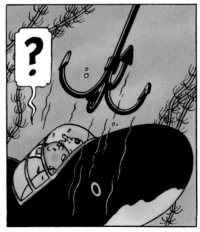

?

Raté!...Le grappin n'était pas bien accroché!...Laissez redescendre...encore...encore... stop!...Un peu à droite...À gauche, maintenant... Remontez douce- ment...

Tirez!...Tirez!... Mais tirez donc, saperlipopette...!...

Tirez!... Allez-y, tirez!...

Mais c'est ce que je fais, tonnerre de Brest! Est-ce que j'ai l'air de jouer du cornet à pistons, par ha-sard?...

Mille millions de mille sabords! pourvu qu'il n'y ait pas de requins dans les environs...

De l'air!... Enfin, de l'air!...

Bravo!... Il est sauvé!... Bravo!... Bravissimo!...

Tout va bien!... Le capitaine a réussi à remonter dans le canot... Il repêche la bouée... hisse le grappin à bord... il lance une amarre à Tintin... Bon, les voilà qui reviennent...

Eh bien! il l'a échappé belle, notre ami Tintin!...

Vous avez tort, je vous assure... Ce sont des algues qui ont immobilisé son hélice... Vous verrez lorsque nous serons à bord...

Vous voyez?... C'est bien ce que je vous disais... Des algues...

Ah, tiens?... Je croyais que c'étaient des algues...

Algues ou pas, moi, je ne remets plus les pieds dans cet appareil!...

Bon! Remettez tout en état. Milou et moi, nous repartons immédiatement!...

Pourvu qu'il ne lui arrive plus rien de fâcheux, cette fois...

Que faire?... Lui dire?... Ne pas lui dire?...

Tant pis! Je me décide...

Je... Capitaine, j'ai une mauvaise nouvelle à vous annoncer...

Une mauvaise nouvelle?...

Non, une mauvaise, une très mauvaise nouvelle... LA LICORNE ne se trouve pas ici, hélas!... Regardez...

Qu'est-ce que c'est que ce truc-là?...

Oui, un pendule...J'ai commencé à étudier la radiésthésie et je suis arrivé à la conclusion que je viens de vous dire...

Et tout ça grâce à ce machin-là?...

Oui, beaucoup plus à l'ouest...Vous allez voir.... Mon pendule va se mettre à osciller d'est en ouest...Regardez... Il commence...

Vous voyez?...Il indique l'ouest!... C'est dans cette direction-là que doit se trouver LA LICORNE....

Là-bas, capitaine!... La fumée!

Et là-bas, voilà le sous-marin qui émerge!...Cette fois, ça y est!...Il a découvert l'épave!...

Vous l'avez trouvée?...

L'ouest... Toujours l'ouest...

Oui, j'ai découvert LA LICORNE!...Vous pouvez préparer le scaphandre!

Alors, vous croyez que ça ira?...

Bien sûr!...Je suivrai à la lettre toutes les instructions que vous m'avez données...

Bon! Alors, n'oubliez pas... Si vous voulez remonter, tirez deux fois sur la corde...En cas de danger, tirez à coups répétés...

Compris...

Allez-y! Pompez!... Pompons!...

?

Wouah! Wouah!

Wouah! Wouah!

Ça y est, il a touché le fond...

Voici donc LA LICORNE!

Sapristi! Que se passe-t-il?...L'air n'arrive plus!...

Tonnerre de Brest! que faites-vous là, vous autres, au lieu de pomper?...

Nous?...On se repose... C'est fatigant, vous savez...

Bougres d'extraits de crétins des Alpes!...Pompez, mille sabords!... Et plus vite que ça!...

Ouf!...Ça va mieux!... L'air arrive de nouveau.. J'ai eu bien peur...

Dites-moi, capitaine, je ne comprends pas... Puisque LA LICORNE ne se trouve pas ici, pourquoi Tintin est-il descendu?...

Il est allé cueillir des pâque-    rettes!...

Une barquet-te?...Où est-elle, cette barquette?...

Deux coups sur la cor-de!...Il demande à être remonté...Je suis certain qu'il a trouvé quelque    chose!

Ho...hisse!...Ho...hisse!...

Le voilà.

Que ramène-t-il?...

Une croix en or, incrustée de pier-reries!...Et un sabre d'abordage!... Magnifique, cette croix!...

Ça commence bien, pas vrai?

Pourquoi,mais pour-quoi m'a-t-il dit que Tintin était parti en barquette?...

Ça commence bien, oui, mais cela n'est rien à côté de ce que nous découvrirons encore... D'ailleurs, vous allez voir... C'est moi qui vais descendre, cette fois...

À propos... euh... pas de requins?...

Non, pas un seul...

Voilà votre casque...

Bon.

OUH!... AH!... OUH!

Quoi?... Qu'y a-t-il?

Ma barbe, mille sabords!

!

La voilà en place, votre barbe...

Bon. Fermez mon casque, maintenant, et surveillez bien les deux pompeurs...

Ah! et maintenant, à la recherche du trésor!...

Quelques minutes plus tard...

Des coups répétés!... Le signal d'alarme!...

Vite, vite! remontons-le!... Il lui est sûrement arrivé malheur!...

Pourvu que ce ne soit pas un requin qui...

Enfin, le voilà!

42

Une bouteille!... Qu'est-ce que cela signifie?...

Une bouteille de rhum, mes amis!...Du rhum de la Jamaïque!...Vieux de deux cent cinquante ans!...Vous allez m'en dire des nouvelles!

GLOU GLOU GLOU

GLOU GLOU GLOU

Mmm!...Une merveille!...Une p-p-pure merveille!...Goû-goû-tez ça!...Si, si, c'est p-pour vous!...Je vais t-t-tout de suite en ch-ch-chercher une autre, p-p-pour moi...

Ça, c'est le comble!... Il est parti sans casque!...

Mille millions de mille sabords! ils ont encore oublié de pomper, ces deux emplâtres!...

Cornichons!...Marins d'eau douce!...Ectoplasmes!...Bachi-Bouzouks!

Mais...c'est vous, au contraire, qui...

Silence!...On vous avait dit de pomper: il fallait pomper, mille sabords!

Inutile de vous essuyer, capitaine, il faut d'abord vider votre scaphandre...Déshabillez-vous...

Me déshabiller?...Jamais de la vie!...

Deux minutes de repos... et je redescends...

Vous voyez?...Je vous l'avais dit!... Votre scaphandre est rempli d'eau...Il faut le vider...

Voilà!...Et maintenant, si vous y tenez, vous pouvez repartir...Mais n'oubliez plus votre casque!...

Allons-y!...Quant à vous, mes gaillards, gare à vous si vous cessez de pomper sans en avoir reçu l'ordre...Compris?

Bon, bon, nous pompons...

Et le voilà reparti...

Le même soir...

Bonne journée!...D'abord cette croix...Et puis...et surtout, ce rhum!...Quelle merveille,ce rhum...

Bien sûr, mais j'aurais préféré découvrir le trésor...

Bah! nous le trouverons demain, n'est-ce pas, Monsieur Tournesol?

Peut-être, mais je crois plutôt que c'est du rhum...

TCHIIP TCHIIP TCHIIP

Chut!

On dirait un oiseau...

On dirait plutôt le grincement d'une roue mal graissée...

TCHIIP

Allons voir!...Je veux en avoir le cœur net...

Là, capitaine!...C'est la pompe qui fait ce bruit-là!...

TCHIIP
TCHHIP

Qu'est-ce que vous faites encore ici à cette heu-re-ci?...

Mais, capitaine, vous ne nous avez pas donné l'ordre de cesser de pomper... Alors, nous pompons...

Je dirais même plus : nous pompons...

Allez vous coucher, espèces de khroumirs!... Vous aurez encore l'occasion de pomper, croyez-moi!

Le lendemain...

Quelque chose me dit que Tintin découvrira le trésor, ce matin...

Encore un flacon de rhum... Laissons-le pour le capitaine.

Tiens, tiens? Qu'est-ce que c'est que      ça?...

Un coffret!...Mon Dieu! serait-ce le trésor de      Rackham le Rouge?...

Remontons vite!... Nous allons voir ce que contient ce cof -      fret...

Mon Dieu! quel choc!

Grâce au ciel, mon scaphandre est intact...

?

Ma parole! il est ivre!

Le voilà endormi, dirait-on... Il faut en profiter pour essayer de récupérer le coffret...

Deux coups sur la corde!... Il demande qu'on le remonte...

Ho...hisse!...Ho...hisse!... Vous allez voir!... Il nous apporte le trésor...

Tonnerre de Brest! qu'a-t-il donc à gesticuler ainsi?...

?

Un requin, mille sabords!... Il a capturé un requin, ce phénomène!... Mais que veut-il que nous en fassions?...

Le mieux serait de le lui demander...

C'est juste!...Envoyez-lui une autre corde, et remontez-le...

Et maintenant, remontons...Je me demande ce que va dire le capitaine...

Eh bien! que signifie cette plaisanterie?...

Une plaisanterie?... Faites ouvrir le ventre de ce requin, capitaine, et vous verrez...

Il paraît, en tout cas, que les ailerons sont excellents...

Et quelques instants plus tard...

Capitaine!... Capitaine!... Regardez ce que nous avons trouvé dans l'esto- mac du re- quin...

Un coffret!... Un coffret!... Le trésor de Rackham le Rou- ge!... Le trésor de Rackham le Rouge!!!... Le voilà enfin!...

Vite, venez dans ma cabine!...

Hem!... Pas facile... Tout cela est rouillé...

Inutile, vous allez briser votre lame. Prenez plutôt ce pied-de-biche...

Bonne idée. Tenez bien, vous autres...

Allez-y... Allez-y sans crainte: nous le tenons...

Ça y est!...

CRAC

Mille milliards de mille sabords de tonnerre de Brest!... Ce n'est pas le trésor!...

Ce sont de vieux parchemins à moitié rongés par l'humidité!...

Des parchemins?... Bon... Et après?... Que voulez-vous que j'en fasse, moi, de vos parchemins?

Allons, capitaine, ne nous décourageons pas!... Nous allons continuer les recherches...

À quoi bon?...

Ça y est!...
J'ai trouvé!...

Ce sont de vieux parchemins!...Parfaitement!...
De vieux parchemins!...

Il finira par me rendre fou, ce gaillard!...

Et vous, tonnerre de Brest! que faites-vous là, vous?...

Moi?...Mais, vous le voyez, j'aide mon collègue à descendre... Oh! soyez sans crainte!...J'ai bien observé comment vous faisiez et...

Et la pompe?...Elle va sans doute fonctionner toute seule, la pompe, hein!...

C'est moi qui vais pomper, bougre d'olibrius!...Comme ça, au moins, je serai tranquille...

Tonnerre de Brest! que vois-je là, sur le pont?...

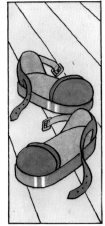

Les semelles de plomb!...Il a oublié les semelles de plomb!!!...

Quinze jours ont passé...

...et nous pompons toujours...    Toujours...

Vous pouvez cesser de pomper, mille sabords!...Vous voyez bien que Tintin est remonté!...

Eh bien?...

Rien!...Toujours rien!...J'ai pourtant méthodiquement exploré ce qui reste du château arrière...

C'est bien ce que j'avais dit : nous ne le trouverons pas!...

Allons! capitaine, vous...

Dites-moi, qu'est-ce que cette croix, là-bas?...

Une croix?... Où donc voyez-vous une croix?...

Non, je parle de cette croix qui se trouve là-bas sur l'île...

C'est bien une croix, n'est-ce pas?...

Ma foi, capitaine, Monsieur Tournesol a raison!... Il y a une croix là-bas, au sommet de l'île!...

Une croix?...

Vous croyez?...

Tonnerre de Brest! c'est une croix, en effet!...

Tiens?... J'aurais juré que c'était une croix...

Hourra!... Hip!... Hip!... Hip!... Hourra!... J'ai compris!

?

Monsieur Tournesol, ah! Monsieur Tournesol, vous êtes notre sauveur!...

Ninon ♩♩ qu'il est doux ♩♩♩ de valser ♩♩ avec vous ♩♩

Vite, capitaine!... Des pioches... Des pelles ...Nous retournons sur l'île...

Oui, capitaine, c'est là, au pied de cette croix, que se trouve le trésor!... Souvenez-vous du texte des parchemins: "et resplendira la croix de l'Aigle"... La voilà, la croix de l'aigle!...

Tonnerre de Brest! vous avez raison!...

Hourra!... Dupont!... Dupond!... Des pioches!... Des pelles!... Vite!... En avant!... Au canot!

Ah! Monsieur Tournesol, nous vous devons une fière chandelle!...

Quelle rondelle?...

Non, je dis que c'est grâce à vous que nous aurons découvert le trésor...

Ah!...Eh bien, moi, je suis certain que c'est une croix!...

Bien sûr, bien sûr, c'est une croix...

Non?...Vous croyez?...

Sapajou!...Moule à gaufres!...

Salut, vieux frère!...

Hourra! la voici!

La croix de l'Aigle, Messieurs!

Hein?...Que vous avais-je dit?...Est-ce une croix, oui ou non?...

Tiens, tiens?...Que signifient toutes ces entailles?...

 C'est un calendrier!...Votre ancêtre a fait comme Robinson Crusoé: il a compté les jours...Voyez, il y a une petite entaille pour chaque jour de la semaine, et une grande pour le dimanche...

À l'ouvrage, Messieurs, à l'ouvrage!...J'offre une bouteille de rhum à celui qui trouve le trésor!

Vous...vous cherchez quelque chose?...

!

Laissez donc votre pendule, mille sabords!...Et donnez-nous plutôt un coup de main!...

Toujours l'ouest, oui...

Que peuvent-ils bien chercher comme ça?...

Et puis, non, c'est impossible!

Quoi?...Qu'est-ce qui est impos-sible?...

Que le trésor se trouve ici!...

Co...comment?...Pourquoi?...

Réfléchissons...En supposant que le chevalier ait quitté LA LICORNE en emportant le trésor, pourquoi l'aurait-il enterré ici, au pied de cette croix?...Qu'auriez-vous fait, à sa place?...Le jour où vous auriez quitté cette île, vous seriez parti avec le trésor, sans aucun doute...

Mais alors...

Alors?...Le trésor est probablement toujours là-bas, au fond de l'eau!...Et nous avons suivi une fausse piste!

Et tout ça à cause de cet animal de Tourne-sol, mille sa-bords!...

Oui, c'est votre faute, espèce d'analphabète diplômé!...

Eh oui, c'est ce que je me tue à vous dire: c'est à l'ouest!

À l'ouest!...À l'ouest!...Je vais vous l'envoyer, moi, à l'ouest!...

OH!

Le voilà à l'ouest, votre sata-né pendule, espèce d'athlète complet!...

Wouah! Wouah!

Là!...Là!...Le voi-là sous terre, ce tonnerre de Brest de pendule!...

Voilà!...Et qu'on n'en parle plus!...En route, main-tenant!...Nous ren-trons...

Ça va mal...

Ça c'est gentil, mon petit chien-chien !...

Non, non, Milou !... Fini de jouer...

Le capitaine aurait-il des ennuis ?... Je le trouve si sou-cieux...

Et les frères siamois, où sont-ils ?...

Tiens, je croyais qu'ils nous suivaient...

OHE! DUPONT! DUPOND!

Non, non, ne vous inquiétez pas !... Le chien me l'a rapporté...

Mille millions de mille sabords !... Cette fois, j'en ai assez !...

Capitaine, voyons...

Laissez-moi ! ...Il faut que je passe ma ra-que chose

...ce sur quel-!...

Tonnerre de tonnerre de Brest ! C'est tout, oui ?...

Allons, capitaine, reposez-vous... Pendant ce temps-là, j'irai à la recherche de nos deux gaillards!...

Bon. Ça va.

Je me demande ce qu'ils sont devenus, ces bougres-là...

Où Tintin est-il allé?...

À l'ouest!...

Il me semble que je les entends...

Eh bien, que faites-vous encore ici?...

Nous?...Eh bien! nous rebouchons le trou...C'est plus prudent...Les gens sont si distraits......

Le lendemain...

Alors, vous tenez absolument à poursuivre les recherches?

Encore quelques jours, capitaine. Voyons, nous sommes aujourd'hui le 9...Eh bien, si le 15 nous n'avons rien trouvé, nous abandonnons la partie et nous rentrons...

Comme vous voudrez...

Et d'ailleurs, vous ne le regretterez pas. Nous en profiterons pour essayer de ramener à la surface l'une et l'autre pièce de LA LICORNE...La figure de proue entre autres...

En avant!... Repompons!...

Vivement le 15 et que ce soit fini!...J'en ai plein le dos, de ce métier...

Tiens, j'y songe, on n'a pas encore vu Tournesol aujourd'hui. Serait-il malade?...

**10** JEUDI

**11** VENDREDI

Et Tournesol?... Voilà quatre jours qu'il n'a plus quitté sa cabine...

**12** SAMEDI

**13**
DIMANCHE

Toujours rien, capitaine...

**14**
LUNDI

**15**
MARDI

?

Mais...mais... que se passe-t-il ?...On dirait...

Ma parole, je ne me trompe pas !.. Je vais prévenir le capitaine !...

Voyons, capitaine, faisons contre mauvaise fortune bon cœur... C'est dommage, évidemment, mais il faut se faire une raison...

Capitaine !...Capitaine !... Le bateau avance !...

Eh bien, que voulez-vous qu'il fasse ?... Qu'il danse le menuet ?...

Ah ! je comprends !... Vous vous êtes enfin rendu compte que LA LICORNE n'était pas là où vous cherchiez, et vous avez mis le cap à l'ouest... Je comprends...

Allons, en avant !... Venez avec moi !...

Et ça, hein ?...Et ça ?... C'est sans doute la figure de proue du TITANIC !...

Ma parole c'est une licorne !... Mais alors, mon pendule, qui indiquait l'ouest ?...C'est extraordinaire...

**16** MERCREDI  **17** JEUDI  **18** VENDREDI  **19** SAMEDI  **20** DIMANCHE  **21** LUNDI  **22** MARDI

DRRRING DRRRING

JUILLET
23
MERCREDI

Allo! oui, LA DÉPÊ-
CHE... Oui... Quoi?...
Le SIRIUS?... Il est
arrivé au port?...
Vous êtes sûr?...
Bon... Ça va...
Mer—ci...

Allo, c'est vous, Rou-
get?... Filez immé-
diatement au port...
Le SIRIUS vient d'ar-
river... Faites-moi
un beau papier là-
des—sus!...

Voilà, capitaine, je viens vous faire mes adieux... Je ferai prendre mon
appareil demain dans la matinée...

Bon. Entendu.

Et maintenant, capitaine,
laissez-moi vous remercier...
Vous avez eu pour moi tant
de bontés...

Ça va. Ça va...

Si, si, capitaine... Grâce
à vous, je conserverai de
mon séjour à bord un sou-
venir inoubliable...

Et moi donc!...

BOUM

Je... Excusez-moi...
J'ai raté un échelon...

Permettez-moi de
me présenter : Ju-
les Rouget, de LA
DÉPÊCHE...

LA DÉPÊCHE?...
N'est-ce pas le
fameux journal
qui a annoncé no-
tre dé—part?...

Précisément!... Et
nous comptons publier
un article sensation-
nel consacré à votre
expédition... Puis-je
vous demander quel-
ques déclarations?...

Volontiers...

... Mais je suis fort occupé... Voici mon secrétai-
re, Monsieur Tournesol,
qui se fera un plaisir de
répondre à toutes vos ques-
tions...

Enchanté...

Alors, Monsieur Tournesol,
et ce    trésor?...    Ah! oui...

Je suis certain qu'il
se trouve là, dans
cette mallette...

Merci, je la
porterai moi-
même...

Je comprends ça!...
Et dites-moi, en quoi
consiste-t-il au jus-
te, ce trésor?...

Non?... Pas
possible?...

Non, je vous demande
en quoi consiste le tré-
sor que vous avez trou-
vé... De l'or... Des per-
les?... Des diamants?...

C'est incroyable,
ce que vous me
dites là!

Voyons, Monsieur Tournesol, je ne vois pas le rapport...

Bien sûr!...Mais, croyez-moi, un bon conseil: ne parlez de cela à personne...

Quant à moi, soyez sans crainte, tout cela restera strictement entre nous!...

Voilà, capitaine, notre mission est terminée. Maxime Loiseau aura su que nous étions à bord, et il n'aura rien osé entreprendre contre vous...

Sans doute. Alors, vous rentrez chez vous?...

Non, nous sommes un peu fatigués...Le voyage, n'est-ce pas...Et surtout, le pompage...Alors, nous allons passer quelques jours à la campagne, chez un fermier de nos amis...

Eh bien, bonnes vacances!

Fini de pomper, mon vieux!...A nous les rudes et sains travaux des champs!

Je dirais même plus: fi- ni de pom- per!

...et quand vous aurez fini de concasser l'avoine, vous pourrez vous mettre au hache-paille...

Quelques jours après...

DRRRING

Bonjour, cher ami.

Bonjour, Monsieur Tournesol. Quel bon vent vous amène?..

Pas mal, merci. Et vous?... Je suis venu vous rapporter les parchemins...

Les parchemins?... Quels parchemins?...

Non, les parchemins qui se trouvaient dans le coffret...Vous vous souvenez?...Eh bien! j'ai essayé de les reconstituer en collant les morceaux sur des feuilles de papier. Certains sont illisibles. D'autres, comme celui-ci, sont relativement faciles à déchiffrer. ...

Je crois d'ailleurs qu'il intéressera particulièrement le capitaine...

Sapristi! je vous crois!

Vite, chez le capitaine!...

Louis, par la grâce de Dieu roy de France, voulant récompenser les grands mérites de notre cher et aimé François, chevalier de Hadoque...Mille sabords!...

La suite! Lisez la suite!......

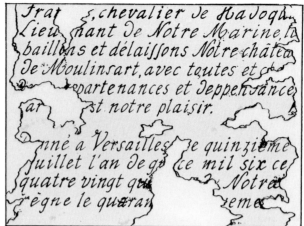

Fra[...]s, chevalier de Hadoq[...] Lieu[...]nant de Notre Marine, [...] baillo[...]s et délaissons Notre château de Moulinsart, avec toutes et [...] [...]partenances et Jeppelsance [...] st notre plaisir.

[...]nné a Versailles [...]e quinzième juillet l'an de g[...]ce mil six ce[...] quatre vingt qu[...] [...] Notr[...] [...]gne le quara[...] [...]eme

Tonnerre de Brest! je ne rêve pas!... C'est bien le château de Moulinsart!... Moulinsart, château de mes ancêtres!... C'est [...]inouï!...

Mais le comble. c'est que... Attendez, vous allez voir...

Voilà...Lisez ceci...

Hein?... Qu'en pensez-vous?...

Ce que j'en pense?... Eh bien, capitaine, c'est tout simple! Le château de vos ancêtres est à vendre?... Il faut le racheter!

Le racheter?... Et avec quoi?...

C'est juste!... Il faut de l'argent...

Hélas!...Ah! si nous avions découvert ce stupide trésor, la question serait réso- lue...

Vous permettez que je jette un coup d'œil?...

Volontiers...

!

Capitaine, on vend le château de Moulinsart!...Lisez!...Il faut le racheter!

Ah oui?

Le racheter?... Et ça, hein?...Et l'argent?... Vous en avez, vous de l'argent?...

Ah! oui, de l'argent!... Aucune importance!...

Non, aucune importance!...
J'en ai, moi, de l'argent!...

Vous?...Vous avez de l'argent?...Eh bien, tant
mieux pour vous!...Moi,
je n'en ai pas!...

Justement!...Le gouvernement
m'a acheté fort cher le brevet
de mon petit submersible...
Or c'est grâce à vous que j'ai pu
l'expérimenter et le perfec-
tionner. A mon tour de vous rendre service...Venez, nous allons
acheter votre château....

CHÂTEAU
À
VENDRE

Ce
CHÂTEAU
n'est plus
À
VENDRE

Tout est bien qui finit
bien!...Vous n'avez pas
découvert le trésor, mais
vous avez retrouvé le château de vos ancêtres!...

C'est magnifique!...

Attendez, vous n'avez
encore rien vu...

Voici la salle d'où je
vous ai téléphoné...

Admirable!

CHUT!

Non...Rien...Il m'avait
semblé entendre des pas...

Ah?

Dites, il est splendide, ce château!...
Il avait bon goût, mon ancêtre, pas
vrai?...Et cette fameuse crypte dont
vous m'avez parlé, où se trouve-t-elle?..

Venez, je vais vous
y conduire...

**Voilà ! nous y sommes...**

**Tonnerre de Brest !**

**Quel bric-à-brac !...Quel bric-à-brac !...**

**Eh oui, cela servait de dépôt aux frères Loiseau...**

**Tiens ?...Saint Jean l'Evangéliste...Nous sommes sûrement dans une ancienne chapelle...**

**Eh bien, qu'en dites-vous ?...**

**Formi-dable !**

**Chut !...Cette fois, j'en suis sûr, j'ai entendu du bruit !...**

**Plus rien...Les pas se sont arrêtés...C'est bizarre, je me demande si......**

**Quoi ?...**

**Eh bien, que se passe-t-il ?...Qu'avez-vous ?...**

**Hourra !**

**La croix de l'Aigle !...Et resplendira la croix de l'Aigle !...La voilà, la croix de l'Aigle...**

**La croix de l'Aigle ?...Je vois bien une croix, mais l'Aigle, où est-il ?...**

**Là, devant vous !**

**Mais oui, là !...Saint Jean l'Evangéliste !...Saint Jean l'Evangéliste, qu'on appelle l'Aigle de Pathmos parce que c'est à Pathmos qu'il composa son Apocalypse !...Saint Jean l'Evangéliste, qu'on représente toujours accompagné d'un aigle !...**

**Un globe terrestre !...**

**Et là, un aigle !...Vous avez raison !...**

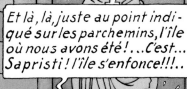
Et là, là, juste au point indiqué sur les parchemins, l'île où nous avons été!...C'est... Sapristi! l'île s'enfonce!!!..

Le trésor!...Le trésor!!!...Mille trésors! le sabord de Rackham le Rouge!...

Nous l'avons trouvé!...Nous l'avons enfin trouvé, le trésor de Rackham le Rouge!... Regardez!...Regardez!...

C'est admirable!...Admirable!...Ainsi, le chevalier de Hadoque, en quittant LA LICORNE, avait réellement emporté le trésor...Et dire que nous avons été le chercher, là-bas, au bout du monde, alors qu'il se trouvait ici, à portée de notre main...

Non, mais regardez ça, tonnerre de Brest!...Des diamants!...Des perles!...Des émeraudes!...Des rubis!...Des...machins!...Quelles merveil - les!...

Chut!...Vous avez entendu?... ...Oui...

Ecoutez...Les pas se rapprochent!...Quelqu'un se dirige vers la crypte...

Prenez vite une arme, et allons chacun nous cacher derrière une colonne... Bien. Allons-y...

LE CAPITAINE HADDOCK

vous prie d'honorer d'une visite
*LA SALLE DE MARINE*
consacrée aux souvenirs du vaisseau

**La Licorne**

Château de Moulinsart

Eh bien, mes amis qu'en dites-vous?...Tout est bien qui finit bien, pas vrai?...

C'est ce que j'ai toujours dit : à l'ouest!

Bien sûr. Bien sûr. Mais je dis : tout est bien qui finit bien!...

Ah oui, votre salle de marine?...Très bien, en effet!...

Merci. Mais je disais simplement que nos aventures s'étaient bien terminées, qu'elles avaient heureusement pris fin!...

Non, merci...Jamais entre les repas....

Mais non, mille sabords!... Tout est bien qui finit bien!... TOUT EST BIEN QUI FINIT BIEN!...

Sans aucun doute...

...et c'est le moment ou jamais de citer le proverbe: tout est bien qui finit bien!

HERGÉ